TiENES MUCHO CUENTO

Guía práctica para crear tus propias historias

ÍNDICE

¡Qué emocionante! Vas a crear tu primer cuento.

¿Por dónde empezamos?

Lo primero es entrenar un poquito tu creatividad e imaginación.

Prepara el material que necesitarás: lápiz, colores, ceras...

¡VAMOS ALLÁ!

01. DÉJATE INSPIRAR

a partir de una imagen

Observa los dibujos y crea micro historias.

- Piensa qué historia te sugiere el dibujo de cada página y complétala dibujando lo que te imagines.
- Verás que, poco a poco, te surgen más ideas divertidas, fantásticas, adorables, explosivas... Todo tiene cabida.
- Puedes añadir alguna letra o palabra, si lo deseas, si no, solo dibuja.

Observa. Algunas mentes verán
una lámpara y una tacita de café.
Pero... ¿qué más podría ser? ¿Qué
historias pueden contar estas imágenes?

Puede ser una maceta regada por un ratón...

o un agujero interdimensional...

¡o un parque acuático!

DIBUJA Y COMPLETA

Cuestiones que puedes hacerte para despertar tu imaginación:

¿Quién está cocinando?

¿Quién habita en ese árbol?

¿Es eso un árbol realmente?

IMPORTANTE: No juzgues tus ideas ni tus dibujos como buenos o malos. Diviértete mientras dibujas.

¿Por qué está tan atento este personaje?
¿Qué habrá dentro del cubo?
¿Qué poderes tendrá la llave inglesa?

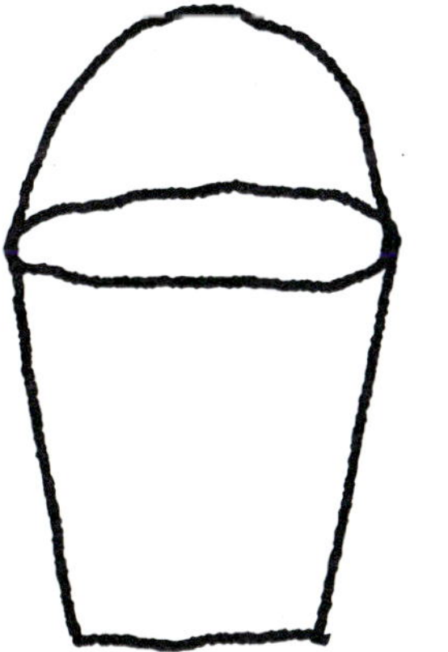

¿A quién pertenece la bicicleta?
¿Dónde está su dueño?
¿Es eso una nube o un ser de otro planeta?

Atrévete a inventar la escena tú solo.
¿Qué historia cuenta esta escena?

Continúa imaginando:
¿Qué historia cuenta esta escena?

¿Y esta otra?

02.

DIBUJA E IMAGINA

Dibuja líneas curvas o rectas, manchas o formas geométricas diferentes. Después, pregúntate:

¿Qué pueden ser?
Con tu imaginación puedes descubrir en ellas y crear lo que quieras: objetos, seres fantásticos...

También puedes dibujar sus estados de ánimo. ¿Cómo se sienten?

¡A dibujar!

EJEMPLOS:

¡Te toca! Dibuja alguna idea más para estas formas geométricas y dibuja otras nuevas.

IMAGINA Y COMPLETA

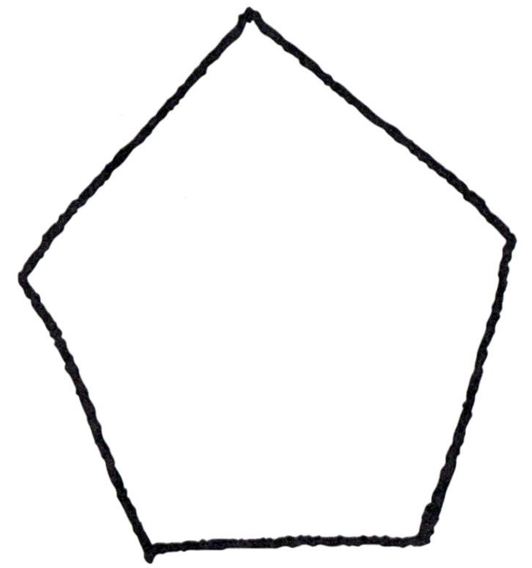

Dibuja: ¿Cómo se siente este pentágono?

¿Va al gimnasio este rectángulo?

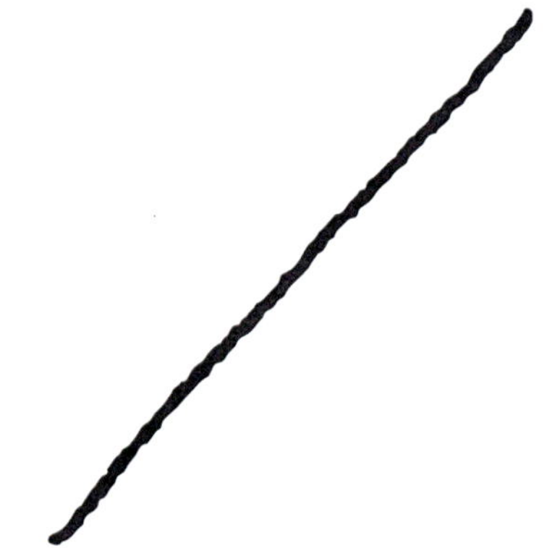

¿Por qué no quiere ir al baile esta línea?

¿Cómo se siente esta mancha?

¡PÁGINA EN BLANCO!

CREA A TU GUSTO

Continúa creando libremente formas geométricas, líneas, manchas... y dales vida con tu imaginación.

¡PÁGINA EN BLANCO!

CREA A TU GUSTO

¡PÁGINA EN BLANCO!

CREA A TU GUSTO

¡PÁGINA EN BLANCO!

CREA A TU GUSTO

¡PÁGINA EN BLANCO!

CREA A TU GUSTO

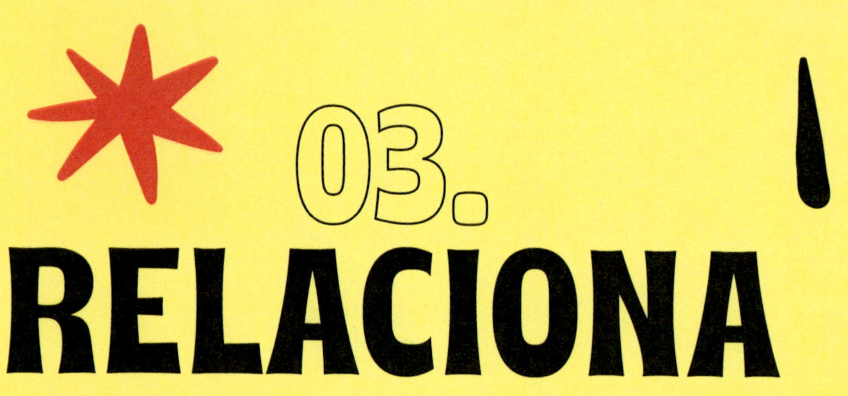

03.
RELACIONA

Ahora imagina que las diferentes formas que has creado se relacionan.

Pueden ser amigos, tirarse en paracaídas juntos o cantar en una banda.

Mira los ejemplos y luego da rienda suelta a tu creatividad.

EJEMPLOS:

¡Te toca! Dibuja alguna idea más para estas formas
o dibuja otras nuevas.

¡PÁGINA EN BLANCO!

CREA A TU GUSTO

¡PÁGINA EN BLANCO!

CREA A TU GUSTO

¡PÁGINA EN BLANCO!

CREA A TU GUSTO

¡PÁGINA EN BLANCO!

CREA A TU GUSTO

04.

CREATIVIDAD PLANIFICADA

También puedes pensar un poco antes de comenzar a crear tus historias.

- Elige los personajes.
- Piensa: ¿Cómo comenzará? ¿Cómo terminará?
- Plasma con bocetos en el planificador el principio y el final y completa el resto de la aventura.
- ¿Cuál será su título? Dibuja la portada.

IMPORTANTE: No tienes que escribir o dibujar tu cuento entero el primer día. Hazlo poco a poco, así te aseguras más días de diversión.

¿De qué trata mi cuento?

Las ideas inspiradoras suelen estar cerca de ti.
Pueden surgir de cualquier cosa, como tus juguetes, tu mascota, tu mochila, las estrellas...

Puedes dejar volar tu imaginación y personificar cualquier objeto. Puedes dar vida a tu lápiz, a tu cama, al árbol que hay en tu calle o a un flan.

¡Te toca! Escribe ideas para tu cuento:

1. ______________________________

2. ______________________________

3. ______________________________

4. ______________________________

5. ______________________________

Personajes:

Aquí tienes espacio para diseñar tus personajes. Haz pruebas, experimenta y elige los que más te gusten.

Puede ayudarte preguntarte: ¿El personaje de mi cuento será real o fantástico? ¿Qué aspecto tendrá? ¿Será amistoso, despistado…? ¿Dónde vivirá? ¿Se encontrará con otros personajes? ¿Qué le sucederá? ¿Cómo lo resolverá?

Planificador: Dibuja solo con unas líneas, no completes los dibujos, esto es solo una guía o esquema.

INICIO 1.	2.	3.
4.	5.	FIN 6.

Si necesitas más espacio para tu historia, puedes dividir la cuadrícula en varias partes. Así:

INICIO 1.

2.

3.1

3.2

4.

5.1

5.2

FIN 6.

05.
¡A DIBUJAR!

Ya estás preparado para comenzar a dibujar con colores y soltar tu imaginación creando más detalles en cada página.
"¿Y dónde está la portada?", te estarás preguntando.
¿Sabías que la portada es lo último que se dibuja de un libro?
Tendrás un espacio para dibujarla más adelante.
No olvides escribir en ella el título y tu nombre.

1

2

3

4

5

6

FIN

Tu portada

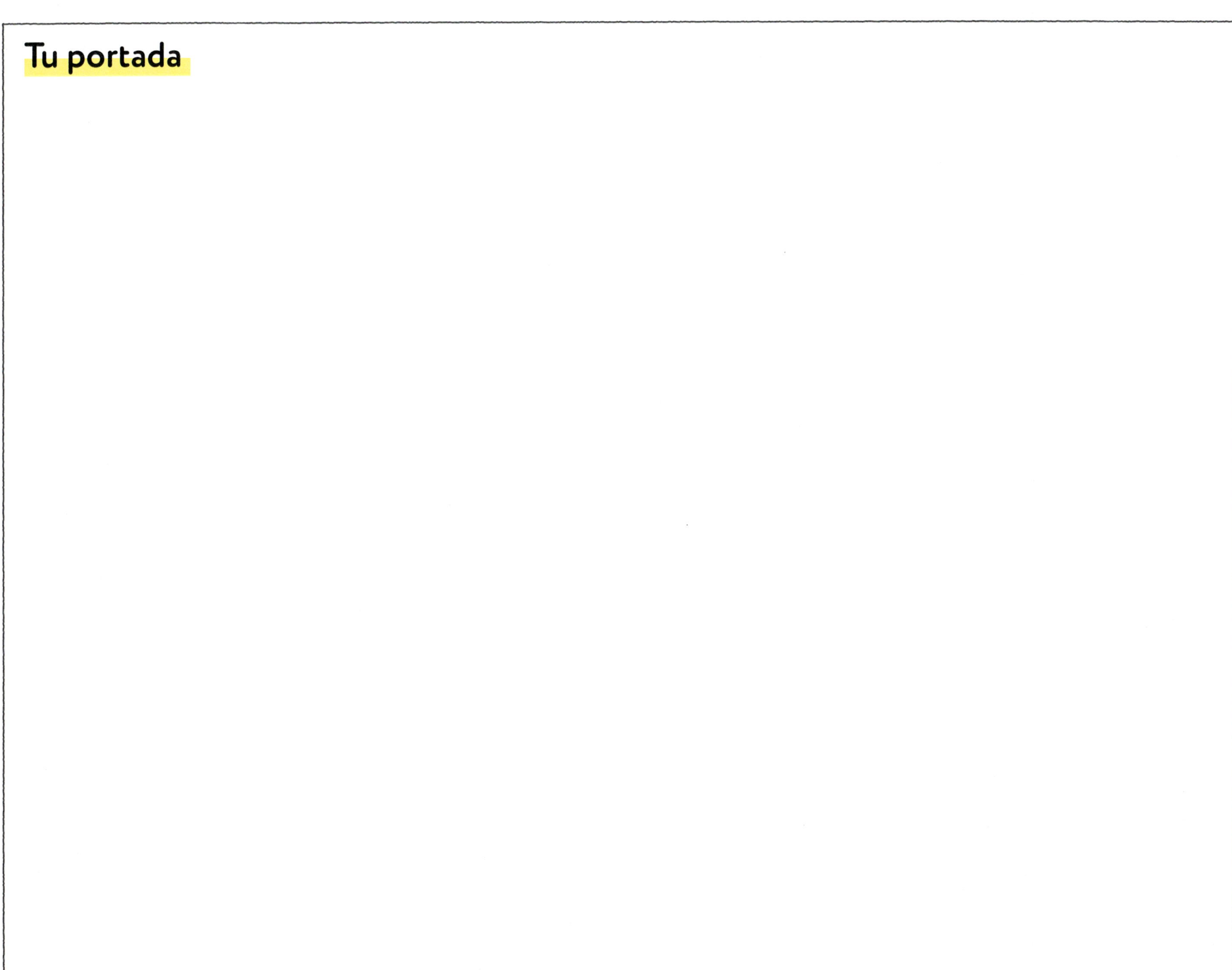

Este es el final de tu primer cuento, pero no es el fin de tu creatividad. Ahora puedes combinar todo lo que has practicado y seguir dibujando. ¡Tienes más páginas para divertirte!

Más espacio para ensayar tu CREATIVIDAD E IMAGINACIÓN

Más espacio para ensayar tu CREATIVIDAD E IMAGINACIÓN

Más espacio para ensayar tu CREATIVIDAD E IMAGINACIÓN

Más espacio para ensayar tu CREATIVIDAD E IMAGINACIÓN

Más espacio para ensayar tu CREATIVIDAD E IMAGINACIÓN

Más espacio para ensayar tu CREATIVIDAD E IMAGINACIÓN

Más espacio para ensayar tu CREATIVIDAD E IMAGINACIÓN

Más espacio para ensayar tu CREATIVIDAD E IMAGINACIÓN

Más espacio para ensayar tu CREATIVIDAD E IMAGINACIÓN

TIENES MUCHO CUENTO
Guía práctica para crear tus propias historias

Texto: Alicia Muñoz
Ilustraciones: Jess García

© Edición: ICB Editores
C/ Flauta Mágica, 1. Local 1 B
Pol. Ind. Alameda - 29006, Málaga
info@icbeditores.com
www.icbeditores.com

Abresueños
info@abresuenos.com
www.abresuenos.com

Edición: Alicia M. Maroto
Diseño cubierta: Catálogo

Primera edición: 2026
ISBN: 979-13-87894-10-8

Depósito Legal: MA 289-2026